U0940643
DOLL
Yukito 图
月华 文
重庆出版集团 重庆出版社

图书在版编目(CIP)数据

DOLL / yukito，月华著. —重庆 ：重庆出版社，2010.3
ISBN 978-7-229-01923-5
Ⅰ.①D… Ⅱ.①y… ②月… Ⅲ.①随笔－作品集－中国－当代 Ⅳ.①I267.1
中国版本图书馆CIP数据核字(2010)第047427号

DOLL
yukito 图　月华 文

出 版 人：罗小卫
出版策划：重庆天健卡通动画文化有限责任公司
责任编辑：邹　禾　肖　飒
责任校对：廖应碧
内页设计：阿库拉姆
封面设计：冰糖珠子

重庆出版集团
重 庆 出 版 社 出版

重庆市长江二路205号　邮政编码：400016　Http://www.cqph.com
重庆海洋电子分色制版有限公司 制版
重庆豪森印务有限公司 印刷
重庆出版集团图书发行有限责任公司 发行
e-mail:fxchu@cqph.com　邮购电话：023－68809452
全国新华书店经销

开本：889mm×1 194mm　1/24　印张：5
2010年4月第1版　2010年4月第1次印刷
ISBN：978-7-229-01923-5
定价：25.80元

如有印装问题，请向本集团图书发行有限公司调换：023-68706683

序言

曾经，通过虚拟的网路，那惊鸿一瞥，遇到了他们。

过去，也曾一直以为都可以用SD来指代他们所有，于是一发不可收拾地爱上了这些仿佛来自另一个世界，美好得不真实的娃娃们。

完美无瑕的容貌，

恍如梦幻的照片，

从一颦一笑中感受到娃娃与主人们间浓浓的羁绊。当年的自己因为种种原因无法迎接这些美丽的天使们，只能默默地看着他们，在脑海中模拟他们的举手投足，甚至在看到娃娃闭眼的样子时，误以为真的可以眨眼。

随着时间的推移，知识的累积，慢慢地知道了SD只是BJD大家族中的一员。于是，开始默默地积攒资金，希望有一天能接回所爱。可是等到真决定下手的时候却发现不是那么简单的事情。为什么？因为每一个娃娃都太美好

了，第一个娃娃的意义又非同一般。当时有三款备选，辗转询问了上海的娃妈和其他朋友，最终敲定花落V家。也刚好在最终决定的第二天深夜，偶遇论坛有人急转娃，之后就激动地付款，焦急地等待，最后就是我家第一只娃娃的降临。这一步的实现整整花了三年时间。

第一次抱着巨大的娃箱上楼，第一次开箱以后看到实体，第一次把娃娃搂在怀里的感觉，第一次感受到那份沉甸甸的重量，记忆犹新。娃娃们似乎有一种魔力，一种接触之后就会被慢慢感动的魔力。与其说魔力，我觉得说是治愈力更贴切一些。

抛开工作上的压力，学习上的辛苦，人际上的纠纷，回到家里看到按照自己喜好打扮好的娃娃，一切的一切都烟消云散。要说明的是，这不是逃避现实，而是一种来自心灵上的缓释。当你冷静下来看着他们，并且开始想要用自己的努力让他们变得更好，不正因此重新获得了从失落的低谷冲上梦想的顶峰的勇气么？

很多时候都是娃娃改变了主人懒散的个性，也改变了独生子女孤僻的性格，学会照顾别人，积极面对人生。大多数娃娃的主人们都是抱着乐观的态度，默默地爱护着自己家的天使、耐心地指点新人、遇到给娃娃的主人们抹黑的人，也会毫不客气给予批评——娃娃们的天地其实也是社会的缩影，作为这个圈子里的一员，我所能做的，就是和大家一样，尽自己所能，将娃娃们最美的一面展示给您，希望您在看完最后一页的同时，能露出浅淡的微笑；在合上书的那一

刻，有些许回味的幸福……这也是我和本书的编辑们希望能传达给您的感情。

现在书里面的部分娃娃因为种种原因已经到了各个朋友家里，看到他们都有了更好的归宿，我心里也甚感欣慰。

最后，愿所有的娃娃都能找到喜欢自己、爱护自己的主人；愿天底下所有的女孩子，都如同这些娃娃们一般纯真美好。

——Yukito

目录

茶花女

在娃娃身上，我们可以表达所有的梦想，包括那些不曾感动上苍的爱情。

我在黄昏的柔波里握住了一份泣血的美丽
尘封的心灵便注定要和往事离异
辞别了巴黎香水腐蚀的夜晚
茶花得以真正意义的绽放
为了苍白的诺言的铭记
为了那得到又失去的美丽
明知是一场孤独的盛宴
却还是孤注一掷地爱了

几乎所有的少女都曾经拥有过的公主梦：永远不会重复的华丽的衣服，美丽的蓬蓬裙和可爱的泡泡袖，永不逝去的青春与美貌，可以永远待在时光的城堡里迷迷糊糊地等待着迟来的白马王子……

所有你曾经期盼过的情节，或者是让你刻骨铭心的角色，不再是个摸不着边际的幻想，在娃娃身上女孩终于可以实现她千变万化的美丽。

BJD是Ball Joint Doll的英文缩写，中文含义是“球体关节人形”。BJD娃娃一般采用聚氨基甲酸乙脂树脂（一种类似陶瓷的、硬度高、实心的材料）制造。这种娃娃在比例上完全符合真实人体比例，但是设计风格又受到动漫的影响而极尽唯美之能。BJD娃娃身体的各个部分由球关节和一条厚厚的弹线连接，各个部件都可以随意转换，也可以很灵活的摆出各种Pose，因此他们的形态才会拥有如此高的逼真度，不但美丽，而且令人感动。

永无乡

NEVER LAND

每一个娃娃都是从永无乡诞生的精灵，承载着人们对于真善美的永恒追求。

Love

在你的世界里 所有的一切都尽善尽美
时光在你身上静止不前 因此你才能保持
这副天真而无畏的容颜
我是如此地喜欢你
每当你仰望着遥远的云端
我都不禁害怕
怕你因为恋慕着永无乡的季风
终有一天离我而去。

在小说《彼得·潘》里，永无乡是可以永远保持年轻与纯洁的国度，代表美好的愿望能得以实现。而BJD娃娃的诞生，彷佛就是为了印证这样一个动人的传说。他们与真人极为相似，却又拥有人类无法企望的完美。美丽的容颜，不泯的童真，在这个处处充满喧嚣与虚伪的世界里，这些如梦幻般的美好所映射的正是人们心灵深处那最柔软纯真的部分。

世界上的另一个自己

在夏日的尽头，偶然遇见的另一个自己。

以设计、制造球体关节人偶而著称的日本Volks公司在广告中曾说到：BJD如另一个自己，隐藏着的真实的自己，伴随你一起成长。

这里所谓“真实的自己”，其实应该理解为“自己内心所渴望的样子”。有时候主人对娃娃的装扮风格，和他自己平日的穿着品位会完全不同！这正是每个人在潜意识里的矛盾自我，隐隐地渴望着那些不曾拥有的东西。

我不怕冷
电影再感人也从来不哭
喜欢在下雨天睡觉
爱喝普洱和猕猴桃汁
只会给指甲打蜡不涂颜色
出门来不及化妆就戴一副大墨镜
剪短了头发，短发果然适合我
总是忘记要学会容忍
即使再爱你，也渴望独自去旅行

小贴士：提到BJD娃娃，就不得不提到BJD娃娃的创导者——日本Volks公司。Volks公司开发的SD娃娃，不仅是BJD的开创作品，更是今后所有BJD产品的标准和典范。

直到今天，许多韩国和日本厂家的BJD娃娃尺寸和基本体型都是借鉴和参考SD娃娃的体型。SD娃娃在很多BJD制造技术上有着绝对的权威性。

Volks公司参考外国陶瓷古董玩偶的形象，又借鉴人偶的穿绳构造，将两者完美相融，并改用实心聚氨基甲酸乙脂胶代替过于脆弱的陶瓷，终于在1999年7月28日，第一批SD娃娃诞生了，那就是圆句昭浩大师创作的被称为四姐妹的四个娃娃：Kira、Sara、Megu、Nana。这四个美丽的少女，可以说是现在所有BJD娃娃的"始祖"。

在早晨，她就是洛，普普通通的洛，穿一只袜子，身高四尺十寸。穿上宽松裤时，她是洛拉。在学校里她是多丽。正式签名时她是多洛雷斯。可在我的怀里，她永远是洛丽塔。

——弗拉基米尔·纳博科夫

许多人对于BJD娃娃的最初印象，彷佛就是蕾丝、荷叶边、雪纺、大花朵、蓬蓬裙、泡泡袖、珠片、小塔裙……一切洛丽塔元素井喷似的纠集。

BJD娃娃及其周边配件的价格高昂，这注定了它不可能是几岁孩子怀中的玩具。BJD的主力消费军大多是已经踏入社会具有一定经济实力的成年人。因此，BJD娃娃可以说是一部成人的童话剧，将那些正在长大或是已经长大的女孩带回到逝去的懵懂岁月，那不仅仅是单纯意义上的装嫩，而是对于自己的最好奖励，允许自己生活在非现实的世界中，鼓励自己犯那些小小的错误，甚至有那么一点残忍和邪恶。

没有什么不可以
只要我愿意
朱槿和扶桑相恋
夏天下着冬天的雪

没有什么不可以
只要我愿意
像大人一样编织爱与死的悬念
却能像孩子般得到最终的豁免

BJD小常识：

世面上的BJD娃娃涵盖了从1岁到20岁左右的青少年及儿童的所有形态，在规格上一般把他们区分为1/3人形、1/4人形和1/6人形。

1/3人形一般指的是身高在60公分左右的娃娃。但是各个公司之间的娃娃身高有一定差异，有的年龄设定在17岁以上的娃娃身高可达70公分。值得注意的是，有时候同一家公司制造的娃娃，也会因为男女性别的关系存在身高上的差别。

1/6娃娃的身高一般在30公分左右。非常的小巧可爱，具有幼童比例的身材。譬如这组照片中的模特就是日本volks公司的1/6娃娃Yuki和韩国Rosenlied公司的1/6娃娃Poppy。

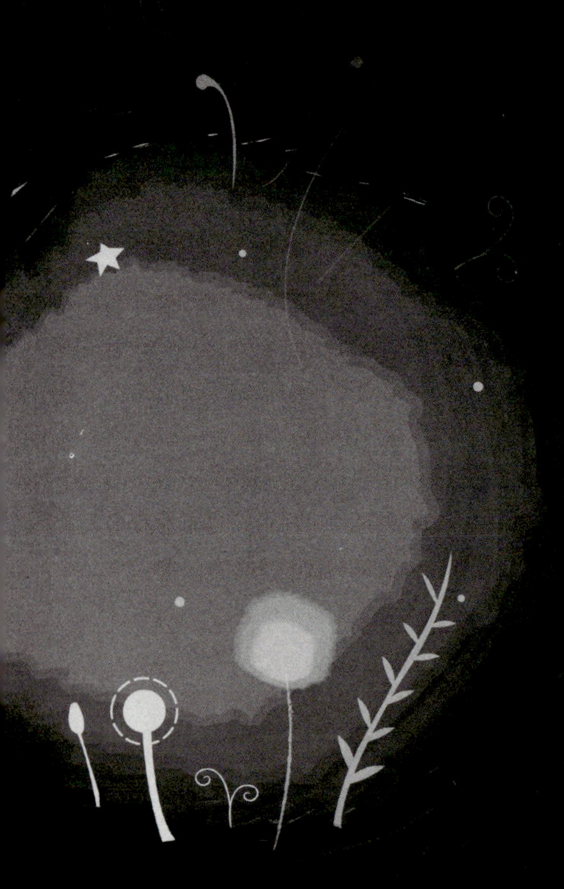

人生若只如初见

我来到这个世上，就是为了与你相遇。

没有哪一种邂逅，能够如此美丽

并且易于承诺、易于相信

以一种呵护的姿态
温上一杯锡兰茶
瓷盘装盛的三层点心
微醺的南国之风
摇曳的双色蔷薇花
一杯茶的距离像隔着一个世纪
岁月正长，三生不晚
就彷佛你我
才初初相遇

Volks公司曾对于他们所制造的人形玩偶赋予了极其美好的定义：洋娃娃是孩子们的玩具，而人形却是承载灵魂的容器。Volks公司这样的定义是希望每一个孩子都能被主人所爱，并因为这样的爱而拥有独一无二的灵魂。到如今，这样的定义已经成为BJD文化里最重要的核心，也是BJD娃娃得以风靡万千大众的“精神领袖”所在。

为了和你相遇才诞生，这个世界上唯一一个只为你而存在的人，BJD娃娃的诞生让这种梦想变为现实。

化装舞会

BJD娃娃的出现与当年芭比娃娃的盛行有异曲同工之妙，但是比起芭比，BJD的可塑性来得更高。妆面、假发、眼珠、衣饰无一不可替换。有时候同一个BJD，使用了不同的化装方式和衣饰，就能前后“判若两人”，甚至性别由男变女或由女变男。

对于如何装扮你的BJD，有无数种可能，你的娃娃们也因此能扮演无数风格迥异的角色，种种华美的造型无一不摄人心魄！这犹如化装舞会般的变幻莫测，正是BJD最大的魅力所在。

在接下来的写真里，有很多出镜的娃娃在前面都已出现过，只是他们换了一套“行头”，顿时就焕然一新，连气质、性格仿佛都发生了巨大的改变。这个时候，你还能认出他们来吗？

妙音鸟

我愿化作传说中的那只鸟
为你唱出一生唯一的旋律
让世间万物
都在歌声中黯然失色
最后，我倒在你的怀中
气绝而声息

ORANG

ORANG

PUPPY LOVE

花在一朵朵地落下，我站在窗前
微笑，表情却有些不自然
总担心你从窗前经过时
我刚好闭上眼睛
那个下午还做了什么我早已忘记
直到初夏的微风
将我吻醒

在离你最远和最近的地方

为那无人知道的原因
所做的约定
祈求一段擦肩的美丽
像暮霭中的白桦林
满地都是曾经璀璨的记忆
我在第一次见面的地方等你
为那无人知道的原因
所做的约定

BJD小贴士：

提起SD娃娃，想必许多女孩都不陌生，它甚至一度成为BJD人偶的“代名词”。但并不是所有的球形关节人偶都能被称为SD。SD是Super Dollfie的缩写，是日本volks公司制造生产的球型关节可动人形。也就是说，只有是在Volks公司里诞生的娃娃才能被称为SD，其他在日本、韩国，乃至国内生产制造的球形关节人偶，则统称为BJD。

风不定，善变的聪颖
如入迷宫
有两个出口
在爱与被爱之间
铭刻着双子星至死不渝的约定
即使有一天
我们不得不分离

宛若莲花
生命之初我便为莲
亭亭玉立的季节
与谁定下这来生之约
在浮花的水面

BJD娃娃除了有性别、年龄、体型上的差异，在肤色和某些细节上也有很多不同的分类。BJD娃娃的肤色普遍分为普肌、美白、日烧。有的厂家还细化出了普黄肌、普粉肌、日烧肌、雪肌等。说得通俗些，普肌颜色类似东方人，美白的颜色源自西欧，而日烧肌顾名思义就是接近亚非人的肤色了。

另外厂家还会在娃娃的耳朵或者眼睛这些细节上下工夫，一些娃娃被设计有尖尖的、可爱的“妖精耳”，同时BJD娃娃还拥有闭眼版或者半闭眼版等各种形态。下面展示的就是Volks公司制造的闭眼版的SD娃娃，命名为lucas。

天使的降临

——BJD娃娃养成记

即使在一大群形态各异的BJD娃娃中，你也能将他一眼认出的时候，就足以证明你们缘分匪浅了。可是如何将这美丽的开始演化成幸福的HAPPY END，也是一门颇深的学问。

目前在国内，日韩制造的BJD娃娃大多是通过代购渠道获得的。像国内淘宝网上就有不少专门做日韩BJD代购的掌柜。而国内制造的BJD娃娃要购买就简单很多，直接向厂家下订单就行了。

有趣的是，在BJD的领域里，娃娃的获得不叫“买”，而是“接”或是“领养”。就是这么一个细节，就足可见证BJD娃娃的玩家们要倾注多少的心血。希望即将“领养”到一个美丽孩子的你，也能体会到这美妙的用意，尽心尽力，不离不弃。

由于BJD的生产通常是厂家接到订单后才开始做，而且是全手工制造，因此耐心的等待是必不可少的。在等待的时间里你还有很多事情要做：为他取一个属于他的名字，准备好衣服和假发，以及联系一位你信任的化妆师等等。BJD娃娃更像一面反映了拥有者内在情感、审美、文化等个人品性的魔镜，主人的喜好会直接影响到娃娃的形象。因此努力地提高自己“臭美”的品位和等级，可是养好娃娃的必要条件哦！

至于BJD娃娃的后期养护，也是有许多讲究和禁忌的。其中黄化是树脂材质的致命弱点，为了延缓娃娃的黄化和老化，避免阳光的直射首当其冲。另外防水防尘也不可忽视。而树脂虽然比陶瓷要坚固许多，却也不是耐摔的，因此平时娃娃的安置非常重要！如果因为主人的疏忽而让娃娃受伤，也许会给这本来是完美的存在造成不可弥补的遗憾。

其他还有很多知识，这里就不一一赘述了。但只要你拥有一颗温柔而纯爱的心，就一定能为他做到最好。愿你和你心爱的孩子都能得到幸福！

PINEAPPLE

KIWI

我因为爱你而被迫流亡
在第七个黄昏默默离开布拉格广场
许愿池里有我留下的暗语
隔着七个轮回的时光
与你秘密相逢在
圣玛丽温泉的长廊

不要问我公主对王子说了什么
不要问我故事最后的结局
不要问那开满白蔷薇的森林
为何会成为童话的禁锢之地
再也无人能进入它的深处
真的，即使你猜到
也不要说出来
就让它，成为传说

美丽的真相

工具篇

1.油性稀释液（也有水性），用来稀释模型漆或者擦除消光
2.油性消光（也有水性），用来定妆或防止娃体被染色，另外也有部分的抗紫外线效果
3.模型漆（也有水性），化妆用
4.缓干剂，让笔触更加细腻，使模型漆不那么容易干掉
5.喷笔，喷笔妆的必备工具，晕染效果比较自然
6.光油（也有水性），娃娃的嘴巴水润润的效果，就是靠它了
7.假睫毛
8.面相笔，用来画毛发等细节部分
9.模型刀，改娃开眼，还可以用来初步消除娃体侧线
10.擦擦科林，也叫魔术海绵，用来擦妆或清洁用
11.口罩，可以抵挡一部分有毒气体被人体吸入

1.刚到家的素头需要先处理一下，一般树脂脱模以后都有离型剂残留，可以使用油性稀释液+擦擦科林的组合将素头擦洗一次，注意不要弄到眼睛里面去了。然后通风晾干，再喷上油性消光，等完全干透就可以准备上底妆了。喷消光的时候注意不要在空气不流通的地方，最好带上口罩，有条件的话可以买专门的防毒过滤口罩。

2.用喷笔给娃娃上底妆，这一点跟给真人化妆一样。当然你也可以选择用粉彩。首先用棕色或者深色系给脸上喷阴影，然后再用红色把内眼角、下眼眶、脸颊、下巴、嘴唇都略喷一些，可以用模型漆调和出喜欢的颜色，也可以直接用化妆棉粘取粉彩粉末慢慢地一层层地涂。有美术基础的人对颜色的把握会比较好，所以以上的用色只供大家参考一下^_^。

3.先用浅棕色轻轻点出眉头和眉梢位置，这么做的目的是防止眉毛不对称=ω=||||，可是手工绘画不可能做到完全对称呢……之后，一根根地把眉毛画出来，注意哟，不是一横就是一条眉毛= =……所以要慢慢地画，越细越好。同理，再画出下睫毛和唇纹，以及眼线。诀窍就是慢慢来，手不要抖也不要急，在画的时候注意模型漆的浓度不要太高。

4.线条的部分都完工以后，等待它干透，然后就可以喷上油性消光保护之前的劳动成果了。消光干了以后，喜欢的话，可以再喷一层珠光的模型漆，看上去就会闪亮亮的很通透。^_^之后再涂一层光油，注意，光油可以选择油性和水性。但是之前选择的是油性的消光，所以根据互溶原理，涂水性会比较保险，适合初学者。油性的在涂装的时候动作要迅速，否则时间一长，弄不好会把好不容易完成的妆给擦花掉。

5.换个角度看看光油擦好没^_^。

6.光油半干的时候可以粘上睫毛了，但是很容易粘到下眼睑的光油。所以建议等光油全部干透以后再在上眼皮刷上光油粘睫毛。当然，睫毛也可以用模型胶带从内固定，也可以买专门的睫毛黏合剂（不是真人用的那种睫毛胶）固定睫毛。

P.S:等待所有的光油部分都干燥好了且不黏手的时候，就可以把头部安装回身体，安装调整好眼珠就可以拍照鼓励一下自己了^_^!

小贴士

BJD娃娃的化妆品大部分是有毒性的，所以使用期间一定要注意通风，切忌不要弄到眼睛或者嘴巴里，在接触了这些东西后一定要记得洗手。天气潮湿的时候不推荐化妆，更不要使用人用的化妆品给娃娃化妆。最后，这一篇只是YUKITO的一点心得，如果想要自己动手，就需要勤加练习以及多请教那些化妆达人们。这里要谢谢平日有被我骚扰的MASAKA和飞锥，都有很耐心地给我讲如何提高化妆的技巧。

爱丽丝梦境

Alice

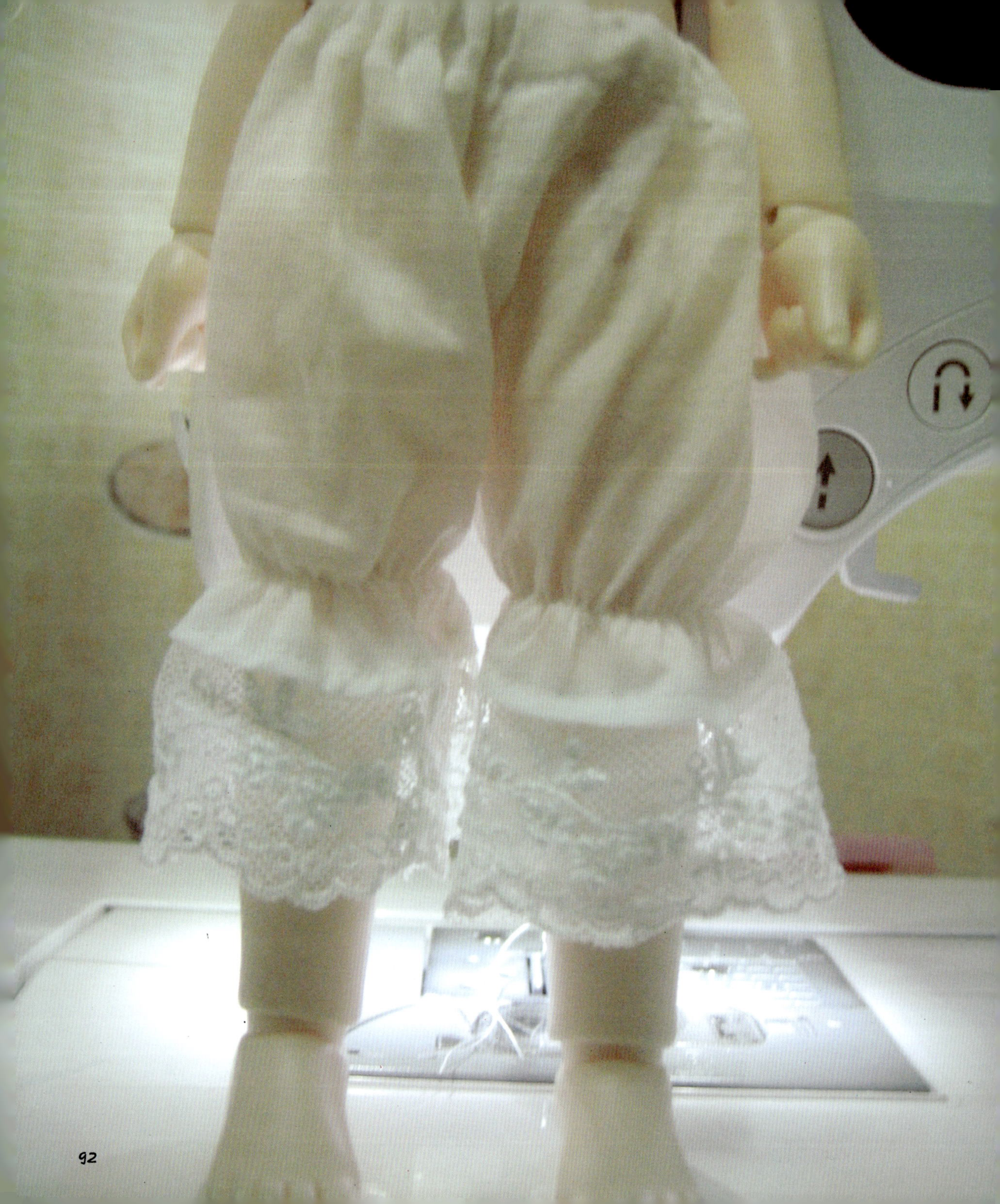

1.先按照自家娃娃的尺寸，在白纸上画出纸样。不同尺寸的娃娃，对应的裤子大小不同，所以需要对纸样进行调整。图上是BB或者1/6娃娃对应的尺寸大小，旁边的1元硬币用来方便大家参考尺寸。上面是腰部，下面是裤管口。右边硬币压住的那条是腿侧，所以左边就是裤裆了。

2.先把布料对折。将纸样剪下来以后，长边(也就是腿侧)贴着对折的边，这个时候如果想偷懒的话也可以把布料折叠两次。

3.用水消笔（一种沾水后笔迹就能消失的布艺用笔，手工店有售）沿着纸样的边缘将其拓到布料上。

4.沿线剪下布料，就是我们需要的裁片了。一条南瓜裤对应两块裁片。注意腿侧那条千万别剪开。

5.将布料在锁边机里面锁好以后，就可以开始缝制了。如果家里没有锁边机，这一步也可以变成用卷边法把布边包进去。

6.沿着裤腿缝上可爱的花边。

7.把露出的多余的花边用剪刀仔细地剪掉。

8.再把布料反过来，在裤管口压一道线。另一条裤管同理缝制。

9.缝合1图中左边位置，再锁边。

10.底线换成弹性的细皮筋（缝纫专用的底线用皮筋），在距离裤管1CM位置缝一下，完成以后两头的皮筋各自打结防止脱线。就能得到松紧效果。图上是反面看的效果。

11.正面看是这样子的。

12.缝合裆部，这里注意对齐，走一道线以后再锁边。

13.缝合好以及锁好边的裆部。

14.把腰部的布边三折后缝合，留一定空间穿皮筋。完毕以后，一条可爱的南瓜裤就做好了。

制作小贴士

千里之行始于足下，南瓜裤看起来简单，却是最基本、最实用的必备品之一呢。Yukito最初就曾因为娃娃们没有裤子穿而头痛了很久。南瓜裤作为制作服装的入门首选，是每个人都可以尝试的手工。接下来，只要持之以恒，相信不久之后大家都能做出各种精美华丽的服装，和Yutiko一起把娃娃们打扮得更加美丽动人！=^ ^=

暗夜小剧场

——温室里我培的麝香蔷薇在雪白的餐桌上团团簇簇，曾经的历史披着梦幻般的色彩，在这衣香鬓影的模糊记忆里缓缓流淌。我十七岁的订婚仪式上，他在女人们暧昧的窃窃私语中向我走来，于是一切光景如同缓缓浮出水面的礁石，那么清晰、明艳，冰冷无比。

他微笑着向我伸出手。

“我来接您了，按照最初的约定。”

家里的人都忘不了我十岁生日那晚发生的事情：我昏倒在花园的深处，面色如死般苍白，从手腕处流出的鲜血染红了身下的土壤。接下来我一直在高烧与昏迷中度过，噩梦缠身，家里充斥着我的哀鸣。医生和牧师都来过了，仆人们被严令三缄其口，他们只能私下用惊恐的眼神互相试探。

可是万万没有想到，一个月后，他以贵客的身份来到了我的家中。

刚开始我是害怕的，不知真相的父母催促着我向客人问好，而我却瞪大了眼睛浑身发抖。家里很安静，只听得见晚风吹动蕾丝窗帘的声音，当扑动的声音渐渐小下去的时候，他侧过脸，静静地凝视着我，微笑着握起我冰冷的手指。

“感谢您赐我再生。”

他的声音很轻，我怔怔地看着他，那么美丽的蓝眼睛，倒映在他视野中的万物都不禁黯然失色。他用力握紧了我曾经受伤的右腕，那不祥的伤痕已经被母亲用丝带与绢花遮挡住了。他冰冷的体温渗入我的肌肤，可是冰破之后，却是熔岩一般的灼热，带着冥冥而来的那句话的力度，我在这种煎熬中微微颤抖，与此相比，之前因他而遭受的所有痛苦竟都是那样微不足道……

“我曾答应过要报答您的救命之恩。”他的手指从我发间慢慢地伸过来，抚摸我的脸颊和颈项，从下颌直到锁骨，然后他在我面前单膝跪下，温柔的话语仿佛暮色中飘零的花瓣，“现在，就让我倾听您的希望吧。”

“那么，请带我走！”我欣喜而急迫地看着他，毫不犹豫地说出了心中的愿望，“我不可能接受这样的婚姻，因为我不可能再爱上别人！”

他沉默了半晌：“请再等十天。”

“为何还要等上十天那么久？”我痛苦地叫出了声音。

“一点也不久。”他的手指点到了我的唇，我惊讶地看着他目光中的那一丝怜悯，“或许日后，您还会怨怪我给您的时间太短太仓促了。”

“在这段时间里，您一点也不能浪费。好好地看着，那白昼与阳光。瞳仁尽可感知的光，肌肤尽可感知的热，赞美诗的颂歌与圣母的笑脸……因为这一切，在你步入了我的世界后，将永远不复拥有！”

他轻轻地拥抱了我，好像在抚慰焦躁不安的孩子。在这种令人窒息的温柔中我再次认清了一个事实：他依然没有体温没有心跳……

“当然，如果您后悔了，也可以在那一天拒绝我。”

接下来的十天，我的温顺让父母以为我已经接受了他们安排的婚礼，可是谁也不知道我安静的外表下有着怎样的惊涛骇浪：我即将逃亡的世界，是永生的冥土。人间繁华、尘埃喧嚣，以此永诀。那是七年前我用鲜血与他定下的缘分，在黑暗中缓缓蔓生出浓密如织的藤秧，我生命的灿烂花树刹那间成为了幽夜繁密的束蔓，我的心在他那里，竟不能移情。

从一片混乱的订婚典礼现场逃出来的我们，紧紧地拥抱在了一起。在我们身后，月亮如巨大的古代明镜，在青冥色的夜幕中缓缓升起。

我不知道那是一种怎样炽烈而又寒彻入骨的爱情：为了没有轮回尽头的相守，甘愿抛弃阳光与神明。死亡与爱情共驻，等同永生！他的尖牙刺破我的血脉，我听见血液温暖流淌的声音，我的生命，我的爱情，我的呼吸，是泉中片片的落花，在繁华盛极之际于最高处缓缓坠落。

热度迅速地消散而去，死亡的冰冷让我害怕起来。他吸食了我所有属于人类的部分，却将那冰冷的永恒，注入了我已经雪白的脉管。他让我死去，又催我复生，无论是碎肉还是枯骨，全繁生出密密匝匝怒放的血色蔷薇，所有古老尘封的记忆也随着他被诅咒的血液一并涌来：我救过他的情景，我与他约定的秘密，以及，我深深爱着他的事情……

睁开双眼，所看到的景象前所未见：夜色如此美丽，月华灿烂，路径明晰。地上诸物都仿佛被镀上了一层银箔，目及之处，无不轮廓清晰、熠熠生辉。他居高临下地看着我，眼睛如同银色的月光，那么安然深情，就仿佛我们不曾分离。

如同七年前那一夜，他带着鲜红的蔷薇，披拂着青冥色的月光而来，将我的手放在唇边亲吻，告诉我他对我的爱情就如同他的生命一样永无止境。

"——唯爱与死亡能够永恒。"

· 谢谢观赏 ·